Monarque des glaces

## Ils ont aimé...

Michèle Laframboise

# Monarque
# des glaces

## Echofictions

Collection *Échovisions*

Design de couverture: Echofictions
Photos de couverture: Shutterstock
Dessins intérieurs : Michèle Laframboise
Photographie de l'auteure : Gilles Gagnon

Ce livre a été publié par : **Echofictions**
Mississauga, Ontario
www.echofictions.com

ISBN 978-1-988339-58-0 (imprimé)

# Table des matières

*Pour Joël Champetier*

*qui s'est envolé trop tôt*

# Monarque des glaces

*Fantôme aux ailes déployées*

*je chasse au loin mon ombre bleue*

JE PLANE AU-DESSUS DE LA NOUVELLE BANQUISE parcourue par de rares ours polaires et les palais roulants des Seigneurs. Pas la moindre crevasse ne brise sa surface immaculée. Des volutes de neige errent sur cette table rase, poussées par le vent qui s'ennuie.

Les ours blancs y sont aussi perdus qu'avant la fonte de la calotte. S'ils trouvent désormais un appui pour leurs lourdes pattes, les carnivores sont restreints à hanter les bords de la banquise. Triste ironie, quand on sait que cet éphémère continent fut baptisé Arctos, qui veut dire ours en grec…

De très loin, on voit les lignes d'assemblage des plaques, qui s'emboîtent comme des pièces de puzzle.

Fruit d'un tardif effort pour contrer l'effet de serre, la banquise artificielle devait élever l'albédo de la Terre, ce ratio de lumière réfléchie vers l'espace.

Après des années de palabres et d'objections de la part des lobbies pétroliers, les premiers morceaux ont été posés, selon la séquence suivante :

a) délimiter une surface vaguement rectangulaire au moyen de bouées,

b) asperger cette surface de mousse chaude de polyuré-thane écolo-traitée ; au contact de l'eau salée, la mousse durcit, ses bulles d'air assurant la flottaison,

c) étendre sur la mousse un adjuvant qui réagit pour former une couche résistante. On obtient un beau morceau de banquise artificielle.

Assembler ce casse-tête arctique a requis douze ans d'efforts et des centaines de bâtiments : cargos, baleiniers reconvertis, porte- conteneurs de polymère liquide… Quand le projet a été abandonné faute de financement, la nouvelle banquise totalisait un modeste quatre millions de kilomètres carrés. Moins que la moitié de la surface des années 1980…

Ballottée par les courants marins, la banquise de polymère heurte avec une régularité obsédante les côtes du Groenland, de la Sibérie, de l'Alaska et du Canada.

Dans l'immensité aveuglante apparaît une ligne noire, qui devient rectangle. Pour permettre à une vie marine de subsister, on avait ménagé une série de zones ouvertes où phoques, poissons et sternes arctiques se disputeraient les ressources.

Je scrute le contour de la zone, avec son aréole d'excréments séchés. La faune a fini par déserter cette oasis. La couche de polymère durcie résiste aux griffes des phoques, qui ne peuvent y percer leurs sorties d'urgence. Les rives de ces faux lacs sont vite devenues des passages obligés, pièges mortels hantés par les épaulards.

Le froid ?

Même dans la patrie du Père Noël, le mercure chute rarement au-dessous de moins quinze degrés Celsius. Ce qui reste de moi le sent à peine.

*

*Prière de ne pas déranger*

*monarque au travail*

Une congrégation de dômes et de flèches brillantes se découpe sur l'horizon laiteux. Puis, la courbure de la planète dévoile les murailles lisses de la ville qui avance lentement sur des rangées de roues.

Je survole le palais roulant, dirigé par les héritiers des grands empires financiers. Ces oisifs vivent de l'usufruit de leur capital, entourés d'une armée de serviteurs et d'experts en technologies vertes. Autour d'eux, se greffe une grappe de scientifiques et de médecins qui allongent la vie.

Aujourd'hui, la trentaine de palais mobiles représentent l'unique civilisation avancée. Sous les dômes du sommet, luxe et stupre rivalisent.

Je me pose sur le perchoir aménagé au sommet d'un dôme. Sous la vitre de plastique, une serre s'épanouit. Mes bras médians terminés par des griffes d'acier s'accrochent au perchoir. Je replie mes longues ailes, que les vents pourraient abîmer contre la paroi.

Puis, je déroule mes antennes et je me branche sur le récepteur, pusher d'images du reste de la planète. La base du perchoir veille à mon entretien. Mes ailes reçoivent les huiles essentielles à leur souplesse, on remplit les réserves de nutriments pour mon cerveau, on calibre mon contrôleur de météo, anémomètre, altimètre, alouette…

Sous les parois vitrées, les serviteurs arrêtent d'arroser les arbustes fruitiers pour me regarder. Peu d'entre eux ont conservé une silhouette humaine. On les a remaniés et modifiés, comme moi, pour ajouter quelques décennies à leur existence. Parmi leurs longues pattes d'araignées, des enfants courent, pleinement humains, eux. Des fils et filles d'héritiers, les seuls capables de se reproduire.

Eux aussi lèvent leurs yeux au ciel pour m'observer. Mes visites ne sont pas si fréquentes. Une gamine aux cheveux vert pâle m'envoie la main.

Un éclair d'amusement me traverse : attention, gamins, monarque au travail !

Je dois être une vision étrange pour eux : un corps noir, quatre bras antérieurs pour manipuler des instruments fins ou m'accrocher, deux puissantes pattes de sauterelle pour me propulser vers le ciel.

Et deux immenses ailes d'un orange vibrant, marbrées d'armatures noires, minces et douces comme de la soie. Une soie synthétique capable de résister aux vents de convection qui fouettent la crête des montagnes, capable de tolérer de hautes tensions de cisaillement. On pourrait suspendre un camion à chaque extrémité de mes ailes sans qu'elles se déchirent.

Un petit boni : le moule qui protège mon cerveau et ma moelle épinière a une forme humaine. Un visage normal sculpté, sauf pour les yeux trop larges ; un torse noir soudé sous les ailes. Ma paire de bras supérieure ressemble à de vrais bras humains, quoique la circulation s'y fasse par osmose entre cellules artificielles.

Juste sous les antennes qui transmettent ma récolte au palais, se trouvent mes yeux, sans iris, comme les statues grecques des musées. J'ai l'air aveugle ; au contraire ! Un film cellulaire filtre les ultraviolets néfastes, des lunettes de soleil dernier cri.

La perfection de ma vision provient d'une petite famille de caméras et de senseurs tapis au fond de mes globes oculaires, entre les bâtonnets et cônes renforcés. Je jouis d'une vue d'aigle, capable de passer des bas ultraviolets aux infrarouges. Perché sur une montagne, je pourrais repérer une fourmi trottinant au fond d'une vallée.

Ou un serviteur en fuite, son corps gelé d'araignée dessinant une étoile noire sur la banquise…

En quittant un corps flétri pour me faire papillon, j'ai gagné au change. Plutôt que d'avaler les bouillies amères d'un vieillard édenté, je butine l'énergie du soleil captée par mes ailes de soie. J'éprouve des émotions, mais atténuées par l'absence de système sanguin et de glandes endocrines. Mon intellect, lui, demeure aiguisé comme un scalpel.

J'ai fait le bon choix : celui de la porte EXIT.

Ma vue périphérique, son acuité décuplée, perçoit un mouvement dans la serre. Les enfants s'éparpillent, les serviteurs-araignées retournent lentement à leurs tâches.

Un Seigneur immobile m'observe, les protéines fibreuses de ses cheveux étirées en une longue crinière turquoise, son corps refait à neuf sous sa combinaison moulante. Je ne sais pas son âge réel. Est-ce un jeune de la génération actuelle ou bien son aïeul que j'ai côtoyé dans un comité de l'ONU ? J'ai oublié quelques noms propres en devenant papillon.

Sans hâte, je me débranche du mât. Mes antennes se couchent dans leur sillon, derrière les oreilles sculptées. Je replie mes pattes postérieures pour mieux bondir.

Le ciel assis entre deux saisons chavire dans une paix indigo.

*

*Papillon sans cœur*

*je vole entre nuit et jour*

J'ai cent quarante-huit ans. C'est presque le double de l'espérance de vie calculée à ma naissance.

Mes ailes me portent juste sous la limite de la troposphère, un air pauvre en oxygène que je ne respire pas, faute de poumons.

Mon ancien corps, je n'y pense plus tellement depuis vingt-six ans. J'ai changé une fois de sexe, dans les temps bénis où c'était possible, quand mes revenus faisaient de moi un rouage apprécié. Par la suite, la dégringolade des démocraties dans l'entonnoir des monopoles a entraîné avec elle mon emploi de scientifique.

J'ai participé puis mené des marches écologistes, assisté aux colloques sur le réchauffement climatique, participé à la mise en place des premiers morceaux de banquise artificielle.

Pendant qu'on assemblait la nouvelle calotte, la fonte accélérée des glaciers a contré la hausse des températures, comme un glaçon dans un verre d'eau refroidit celle-ci. En plus, le grand courant chaud du Gulf Stream a cessé de circuler : Paris, Londres et le reste des capitales ont goûté à la neige et au froid dont Montréal et Québec s'ennuyaient.

Devant ce climat à l'envers, les industriels ont puisé dans leurs poches profondes pour nier la menace climatique et se laver les mains de ce « cycle naturel de perturbations terrestres ». En plus d'engager des pirates informatiques, ils se sont payé des noyauteurs professionnels dont les propos extrêmes ont discrédité les associations vertes.

Exit les projets collectifs. J'ai surnagé parmi les contractuels taillables et corvéables à merci. J'ai appris à coder dans les nouveaux protocoles. Ma famille s'est éparpillée, mais un instinct de survie – ou mon indignation ? – m'a conservé.

J'ai toujours su flairer la direction du vent, qui soufflait vers les grands. À la tête d'une armée de relationnistes, je déployais avec talent le bouquet empoisonné des solutions privées aux problèmes publics.

Puis, quand les mises en garde ont doucement coulé au fond du lac de l'opinion publique, les puissants sont retournés à leurs marottes : concentrer davantage de capitaux fluides, rendre les frontières poreuses, abolir les normes de travail, affaiblir les gouvernements, automatiser les procédés… Je programmais pour eux des bijoux de robotisation.

Toutefois, certains des grands avaient pris conscience de la masse de sédiments toxiques accumulés au fond du lac de l'opinion, que le moindre remous pourrait faire remonter. Ceux-là gardaient une main sur la poignée d'une porte marquée EXIT.

Quand la dernière goutte des glaciers de l'Himalaya a disparu dans la glaise de l'Indus asséché (peu après la date contestée du 30 avril 2035), quand des millions de tonnes de gaz méthane échappées du pergélisol ont accéléré l'effet de serre, les températures ont à nouveau grimpé, et, cette fois avec justice, partout.

Toutes les zones climatiques que j'avais apprises en classe se sont déplacées. L'équateur humide s'est aminci comme une crêpe, les déserts ont repoussé les zones tropicales, et les régions tempérées aux automnes rouges se disputent désormais avec les rudes épinettes de la taïga.

Quant à la toundra sans arbres, on ne l'a plus revue.

Lorsque les guerres civiles et les assassinats politiques ont fini de déstabiliser les puissances, quand les villes sont devenues des déserts de béton, les grands ont encore une fois puisé dans leurs poches profondes, dans leurs comptes en banque suisse pour...

Pour ouvrir leur porte EXIT.

Ceux qui n'avaient pas réservé leur billet pour l'un ou l'autre des hôtels lunaires, ou les cités de Sibérie et d'Alaska, se sont établis sur le dernier refuge disponible depuis que les Chinois, profitant de la débandade générale, avaient annexé l'Antarctique déglacé.

À ce moment, j'avais dépassé l'âge classique de la retraite. J'ai voulu emmener Éliane et ses enfants, mais elle a refusé. J'ai jeté mon lot avec le dernier magnat pétrolier et dirigé l'aménagement de son palais roulant.

J'ai continué à plaire et à amuser, à optimiser et à gérer. Quand mon corps, usé au-delà de tout espoir, a entamé son déclin final, je me suis débrouillé encore.

L'écologiste est devenu papillon.

*

*Je navigue sur les vents du globe*

*caressant des visages de roche*

L'océan reste égal à lui-même, une grande table animée de ressauts bleus, turquoise, verts. La côte du Mexique approche, brisée en fractales grises et roses.

L'émerveillement ferait battre mon cœur si j'en avais encore un. J'ai survolé l'Himalaya, bien sûr, ses pics crevassés comme de vieilles dents avec de la neige encore prise dans ses gencives. J'ai vu les cercles des atolls de la Polynésie noyés sous l'océan, la faille de San Andréas inondée, les volcans en sommeil bouche grande ouverte, l'œil bleu de la Mauritanie visible depuis l'espace, des chutes si hautes que l'eau s'évapore avant de toucher le sol…

La nuit, j'ouvre mes infrarouges. Les plantes de la jungle crient leur volonté de vivre en mauves et violets extraterrestres. C'est la plus grande satisfaction de ma vie de monarque : mes yeux qui boivent ces paysages jusqu'à m'inonder de jus de bonheur.

Quand j'étais enfant, un photographe nous avait révélé la richesse de la géographie terrestre, beautés inquiétantes et fragiles vues du ciel. Je passais des heures dans la bibliothèque, plongeant dans ces étourdissantes perspectives. Parfois, avec mes parents, je visionnais le spectacle majestueux traversé par les oiseaux migrateurs. Un afflux de joie pétillait sous mon crâne.

Du jus de bonheur, disait mon père en souriant.

Je me passionnais pour la migration des papillons monarques qui faisaient une escale orange au sanctuaire de

Niagara. Normalement, un monarque adulte ne vit guère plus de deux mois en été.

Puis arrive l'automne… et la dernière génération de monarques oublie de mourir.

Mâles et femelles deviennent chastes et filent vers le sud. Ils parcourent quatre mille kilomètres. Malgré leur frêle apparence, les papillons se laissent porter par les courants aériens, au-delà des altitudes sillonnées par les oiseaux nomades.

J'ai survolé leurs quartiers d'hiver en Californie et au Mexique, des collines arides coiffées de grands conifères. Pesant moins d'un demi-gramme, les monarques faisaient pourtant ployer les branches des pins et des cyprès, les couvrant d'une fourrure orange.

Au printemps, après les amours, les femelles remontent vers le nord, s'arrêtant pour pondre une nouvelle génération qui poursuivra la route.

Je croise parfois en vol ces longues ondulations orange. Mû par un brin de nostalgie, je garde mes ailes immobiles pour ne pas déchiqueter mes petits semblables. Moi aussi, j'ai oublié de mourir en devenant migrateur.

Les couleurs vives du monarque sont supposées être un avertissement pour d'éventuels prédateurs. Le papillon se rend indigeste en consommant, pendant son stade de chenille, le jus qui coule dans les canaux de l'asclépiade commune.

Cette grande herbe, dont les fleurs rouges ornaient les champs chez nous, produit un latex hautement toxique. La chenille n'en meurt pas. Le papillon qu'elle deviendra sera aussi toxique et, pour cette raison, épargné par les oiseaux.

Ces choses, et beaucoup d'autres trésors, je les ai partagées à mon tour avec Éliane.

*Danse sans paroles*

*pas de deux céleste*

Un flamboiement vert émeraude se détache du ciel. Cela n'arrive plus souvent, mais parfois je croise un autre papillon humain.

Sans cordes vocales, impossible de nous parler. Pas de micros, pas de haut-parleurs. Les équipements ne servent qu'à transmettre nos récoltes d'images.

Nous entamons une danse arrondie, traçant des lettres anglaises sur les nuages, des lettres attachées.

Il s'appelle Joshua.

Je m'appelle Dominique.

Joshua vole depuis huit ans pour un concurrent, la Mutuelle-Omale. Il est déjà fatigué de son corps d'emprunt. Ce corps qui est – je le savais bien avant de signer mon contrat – le dernier que j'aurai.

En théorie, la technologie qui m'y a enfermé pourrait transférer mon cerveau et ma moelle épinière dans un corps biologique grandi en cuve. En pratique, le taux d'échecs est très élevé, les ressources allouées à une telle opération étant sévèrement limitées.

Avant de mettre fin à ses jours, Joshua veut faire un dernier pèlerinage dans son plat pays natal. Je lui parle des barrages détruits, des routes inondées sous quatre mètres d'eau. Il me signale que des pêcheurs reprennent peu à peu possession du territoire, leurs villages sur pilotis formant un chapelet d'îles.

Je lui dis : *ça ne durera pas.*

Il me répond : *on verra.*

*Témoin silencieux*

*du monde désolé*

Sous moi, le désordre s'étend, nudité sèche des sociétés néoféodales, terre décolorée meurtrie par les luttes de suprématie des Seigneurs de la guerre. Repoussées vers le désert, de longues colonnes de réfugiés marchent vers un horizon aussi flou qu'incertain. Des gens maigres font la file devant les tentes des rares organisations de secours, elles-mêmes à la merci de la loi de la jungle.

Je les filme, si on peut employer cette expression désuète, pour l'édification des enfants des dômes.

Les Seigneurs du pôle Nord ne sont pas cruels. Pas du tout. Au contraire, mes Pères Noël sont convaincus d'avoir tout fait pour empêcher cette crise planétaire. Ce sont les gouvernements qui ne voyaient pas clair. La dégénérescence éloquente des sociétés ne fait que confirmer, rétrospectivement, leurs choix.

Ils ne sont pas tout à fait coupés du monde : leurs grandes usines roulent toutes seules dans les continents sinistrés qui leur appartiennent. Lorsqu'elles détectent un filon de métal précieux, elles étirent leurs grandes pattes terminées par des vrilles et creusent, ignorant les rares survivants qui doivent fuir. Il y en a qui récoltent le bois et d'autres ressources que les dômes ne peuvent produire… Des barges automatisées ramènent ces biens échangeables vers la banquise.

Ces usines béhémoth ont une antenne à laquelle je peux me brancher pour envoyer ma propre récolte. Bien sûr, pour mon entretien vital, il me faut retourner chez mes Pères Noël.

De petits impacts se répercutent sur mon thorax. J'affûte ma vision télescopique.

À peine distincts de la terre aride, deux jeunes barbus me visent avec des mitraillettes qui fonctionnent encore. Deux femmes en noir qui puisaient l'eau d'un puits courent se réfugier dans une hutte de boue séchée.

Dans cette mosaïque d'États grands comme des tapis, les mercenaires des Seigneurs de la guerre me canardent. Ma présence dans leur ciel leur rappelle que quelque chose de la civilisation occidentale honnie par leurs grands-pères a résisté.

Les balles qui arrivent à mon altitude ont tellement perdu de leur énergie cinétique qu'elles rebondissent comme des raisins mous sur ma coque.

Même si je descendais plus bas, mon corps est pratiquement invulnérable. Une balle chanceuse de fusil à éléphant pourrait sans doute sectionner les attaches de mes ailes, mais il faudrait pour cela que je vole sur le dos.

Un canon sol-air ?

Il n'en reste plus assez en état de marche pour m'inquiéter.

*

*Ma chandelle éteinte*

*je n'ai plus de feu*

Les vents me portent vers l'Europe des zones. Autour des villes sinistrées s'étendent les banlieues, avec leurs petits rectangles de bungalows rasés et leurs grands rectangles de supermarchés écroulés. Des kilomètres d'étagères vides, leur abondance oubliée depuis des générations. Les batailles meurtrières entre les groupes de pillards ont fourni d'autres images « édifiantes » pour les répartiteurs des dômes.

La campagne n'en est plus une. Des champs en friche reconquis par les herbes de milieu sec, des routes d'asphalte disparues sous la poussière. Parfois, le sol me fait un clin d'œil vert d'arbres fruitiers : une ferme fortifiée autour d'un puits profond, où peinent des résistants à l'affût des maraudeurs ou des corneilles.

Je patrouille au-dessus des anciennes capitales et de leurs parlements, abandonnés et silencieux. Mes capteurs infrarouges n'y révèlent que des populations de rongeurs.

Quelque part dans toutes ces ruines, gisent les os de ma fille.

Éliane, qui n'a pas suivi mon chemin par la porte EXIT, qui s'est révoltée contre les monopoles, qui s'est liée avec un groupe d'artistes et de poètes sans lendemain. J'ai gardé longtemps l'unique recueil qu'elle m'avait fait parvenir.

Un peu avant ma métamorphose finale, j'ai su qu'Éliane, ma petite lumière, s'était éteinte, soufflée par la vieillesse et les maladies de pauvres.

*Monarque sans royaume*

*mon trône est le monde*

Un ballon flotte au bout de sa corde.

Intrigué, je vole près de l'immense corolle sous laquelle pend un transmetteur. Jusque-là, les seules antennes étaient celles des Seigneurs et de leurs usines. Le haut du ballon, transparent, laisse voir la corolle interne buvant les rayons assidus. Le bas de la « corolle » est peint en bleu azur.

Et, loin dessous… des bandes de culture redessinent le flanc de la montagne jusqu'à une vallée parsemée de huttes rondes.

Des gens se sont constitués en une société agraire, un pied de nez aux Seigneurs de la guerre. Quatre ou cinq cents paysans grattent le sol, entretiennent des capteurs solaires rudimentaires, lisent dans des livres à pages de bois sauvés de je ne sais quelle bibliothèque. Ils comptent sur leurs serres, mais surtout sur eux-mêmes. Je note des sacs de jute remplis de terre, percés de pousses vertes, cultures verticales et mobiles.

Entre les catastrophes, les humains font preuve d'ingéniosité. Ballon, capteur, abris et sacs de cultures peuvent suivre le groupe. D'une impulsion mentale, je déclenche l'enregistrement.

Je fais un rapide aller-retour vers la plus proche usine roulante pour envoyer ces images d'espoir vers les palais.

*

*Observateur en retrait*

*d'un bonheur secret*

Je vole trop haut pour être visible, sinon comme l'ombre d'un épervier. J'aime bien ce village, ces gens. Les regarder vivre éveille en moi des échos du jus de bonheur de mon père.

Mes ailes boivent le soleil ; je plane sur leurs longues journées. La vie dans ce Shangri-La n'est pas pour autant de tout repos. Sous leurs chapeaux de paille, je ne peux apercevoir leurs visages. Seulement leurs mains : mains tendres d'enfants sur les pousses vertes, doigts brunis des jeunes aux cultures, mains parcheminées des vieux qui ne prendront jamais de retraite et mourront les outils à la main.

Je peux identifier le chef sous un chapeau rouge, deux médecins, un croissant vermeil pâli sur leurs blouses poussiéreuses, des gens en habits verts, des anciens qui expliquent les livres aux jeunes… Les gens en vert pourraient être des coopérants. Ce sont eux qui manipulent le ballon, qui portent un cellulaire à la ceinture, qui rechargent les batteries solaires.

Le ballon-relais me suggère que des villages semblables parsèment ces montagnes. Je vole en cercles de plus en plus larges.

Au détour d'un canyon, une ligne de taches noires attire mon attention. Un convoi de camions s'ébranle, dégageant un nuage de poussière. Je distingue des uniformes kaki, des mitraillettes. Des milices des Seigneurs de la guerre. Je vérifie mon GPS. Leur trajectoire est trop précise. Ils n'ont à parcourir qu'une centaine de kilomètres de mauvaises routes dans les montagnes.

Ils atteindront Shangri-La demain.

Quel profit retireront-ils de leur raid ? Ces villageois ne sont pas assis sur une mine d'or ou un champ de pétrole. Pourquoi les traquer ? Puis, j'allume.

Ont-il intercepté mes ondes, ou bien les Seigneurs de la glace entretiennent-ils de fructueux rapports avec leurs contreparties du sud ?

Je devrai enregistrer l'enfer qui va leur fondre dessus, pour le réconfort moral des habitants des paradis. Montrer l'enfer est utile, cela rappelle aux serviteurs des palais à quel point ils ont de la chance de vivre du bon côté de la clôture.

*

*Le battement d'ailes du papillon*

*peut-il causer une tempête ?*

Mon sang humain ou ma lymphe de papillon se serait glacé. À la place, c'est mon esprit qui ralentit, se rétracte, se recroqueville dans le passé. Mon cerveau soudain privé de jus de bonheur cherche sa porte EXIT.

Un coup d'ailes et je repars sans rien filmer. Oublier, oublier. Un autre coup d'ailes et je plonge vers la vallée.

Choisir.

Mes immenses ailes se rebellent, le vent fait claquer leur soie. Elles sont conçues pour planer, pas pour descendre en vrille…

Les montagnes se replient sur moi. Sans doute alertés par le bruit de ma chute, des hommes, des femmes et des enfants relèvent la tête. Ils voient tourbillonner depuis l'azur cette apparition aux ailes moirées de reflets orange. Un grand papillon monarque à visage humain…

Les médecins et les coopérants sortent d'une tente. Deux hommes, trois femmes sans chapeau, l'une d'elles, par ses cheveux bruns et courts, me rappelle Éliane. Peut-être une descendante de ma fille ?

Je me suis rarement posé à terre. Mes pattes et mes pinces sont habituées à agripper un mât d'antenne, mes ailes caressant le dôme comme un long châle.

Mes pattes de sauterelle absorbent le choc sur le sable durci. Je n'ai plus de terminaisons nerveuses pour ressentir la douleur.

Absence.

Retour.

Ma syncope a duré quatorze secondes et deux centièmes. Le choc a dû secouer mon cerveau dans sa soupe nutritive. D'autres capteurs me signalent que des mains – les enfants – palpent mes ailes couvertes de poussière.

Mes yeux s'ouvrent en mode hypersensible. Éblouissement. J'ajuste la luminosité et ma distance focale.

Un cercle de têtes barbues (se raser est un luxe) ou glabres se découpe sur le ciel. Les visages sont sillonnés de soucis, celui sous le chapeau rouge étant le plus crevassé. La femme qui me rappelle Éliane remue les lèvres, mais je ne peux lui répondre. Ma langue, mon palais, mon nez... alouette !

Alors, j'agis sans paroles.

Mes antennes se dressent hors de leurs sillons, ce qui fait reculer les enfants et sursauter les adultes. Je transmets directement, à leurs antennes de cellulaires et au ballon-relais, la présence de ces prédateurs, les images du convoi que je viens de filmer.

Et avec elles, d'autres images, beaucoup d'autres images. Les villes en ruine, les dômes des Seigneurs du pôle avec leurs serviteurs déformés, les usines en marche...

Le chef lève son chapeau écarlate et l'agite à bout de bras. C'est le branle-bas : on démonte les abris, on ramène le ballon et on le dégonfle, on charge les sacs-à-légumes sur des chariots tirés par des bicyclettes. La communauté se met en marche vers un autre ailleurs incertain. Les enfants fouettent le sable avec des balais pour effacer les traces.

Mon cœur se serre : tous ne partent pas. Car ces mercenaires, s'ils trouvent un village vide, chercheront plus loin. Alors des volontaires restent, des hommes et une femme, celle qui ressemble à Éliane, pour les accueillir...

Non : après un autre palabre, ils partent eux aussi, mais dans une autre direction. Leurs gros bâtons laissent deux traînées qui simulent les roues d'un chariot. Leurs gestes calmes témoignent d'une longue habitude.

Il me reste une chose à faire.

Mes pattes postérieures me propulsent vers le ciel. Je dépense beaucoup d'énergie pour battre des ailes froissées et poussiéreuses. Enfin, je trouve une pompe, un ascenseur d'air chaud qui me porte en altitude.

*

*Dernier acte*

*d'un monarque*

Je plane, économisant mes forces, vers l'antenne solitaire d'une usine automatique. Je m'y branche sans que les drones de surveillance ne m'en empêchent. Je décharge des images au hasard, pas celles du village mais des parlements silencieux. Et, bien au chaud dans ces images...

Du jus d'asclépiade.

Plus exactement, un virus délétère que j'ai codé au cours de mes voyages. Le poison ne va pas paralyser ou détruire les usines, non. Il va simplement brouiller leurs guides GPS. Comme les lemmings, les usines béhémoth vont rouler vers la mer la plus proche et s'y abîmer, à la poursuite d'un gigantesque filon fantôme...

Bien sûr, les Seigneurs vont tenter d'y remédier à distance. Ils n'y arriveront pas.

Ils devront sortir en personne.

*

Le système intranet des dômes a enregistré mon téléchargement sauvage. De plus, j'ai transgressé mon pacte de non-intervention en aidant ces familles à fuir. Les portes du paradis resteront fermées.

Mes réserves de nutriments baissent. Je peux aller frapper gentiment à la porte des Chinois qui réaménagent l'Antarctique. Et être abattu par leurs canons, en bon état ceux-là.

Je peux me perdre comme Joshua dans les hauteurs à l'air raréfié. M'abîmer dans les yeux bleus de la mer. Ou m'étendre au-dessus du fronton d'un parlement muet, mes ailes déployées comme un auvent. Je peux aussi fermer mon cerveau tout de suite et me laisser porter par les vents. J'ai l'embarras du choix.

J'éteins mon GPS et je ferme les yeux.

Peur ?

De quoi ?

Un monarque qui a vécu cent quarante-huit ans peut bien mourir en paix.

*

*Mon père me tient la main, nous marchons sur les pierres plates du conservatoire de papillons de Niagara, en aval des fameuses chutes qui grondent au loin. Une fillette aux cheveux bruns trottine plus loin.*

*Autour de nous, des milliers de monarques dansent d'une fleur à l'autre, leurs ailes orange vif frangées de noir battent doucement la chamade.*

*J'ai la certitude que, dans leurs minuscules cœurs de papillon, coule du jus de bonheur.*

# FIN

# Mille mercis!

*Déjà la dernière page… Merci d'y arriver!*

Vous avez aimé? Partagez vos impressions sur vos plate-formes favorites!

# Distinctions

Publication originale dans Solaris 175

— Prix Solaris 2010 de la meilleure nouvelle publiée au Canada français

Repris en 2012 par Galaxies 18 – Spécial Réchauffement

— Prix spécial du jury du concours Réchauffement 2050

# Postface

C'EST UN PETIT VELOURS pour l'âme et un souvenir précieux que d'entendre au bout du fil la voix de mon confrère Joël Champetier m'annoncer que j'avais gagné le Prix Solaris 2010 pour "Monarque des glaces", ma nouvelle soumise au concours Solaris et publiée dans le numéro 175 de la revue.

J'étais d'autant plus fière que c'est le même Joël, rédacteur en chef de Solaris, qui m'avait appelée en 2006 pour m'annoncer la même heureuse nouvelle pour un autre texte, "Le vol de l'abeille", depuis devenu un roman.

Joël a été un auteur humble et convivial qui a toujours encouragé les écrivains débutants dont j'étais. Malgré le succès autour de ses oeuvres, il est resté très amical et c'était un plaisir de l'écouter raconter des anecdotes sur les congrès de SF.

Hélas, il nous a quitté à son corps défendant une nuit de mai 2015. Au congrès Boréal de cette année, faute de pouvoir se déplacer, Joël nous a parlé grâce à une session Skype (vive la technologie!)

Il est donc approprié de lui dédier cette édition de "Monarque des glaces".

*

Cette nouvelle dystopique prend sa source en 2009 lors d'un appel de textes de SF émis par une revue de sciences sur le thème de "l'humanité dans cent ans".

Puisant dans ma formation et mon intérêt pour les impacts du réchauffement climatique, j'avais rédigé un texte imaginant une banquise artificielle. Très vite, ayant dépassé la limite de mots, j'ai poursuivi l'écriture de cette vision d'un avenir dans une société atomisée. C'est cette nouvelle qui a été soumise au concours Solaris.

*

L'histoire ne s'arrête pas là. Sélectionné par le magazine Galaxies lors du concours Réchauffement 2050, le texte gagnant du prix spécial du jury a été publié en 2012 dans le numéro hors-série no 18. Puis la nouvelle sera traduite en russe, pour une publication dans le magazine Supernovia, numéro double 45-46, 2014.

*

Une traduction anglaise est parue dans le magazine en ligne Abyss&Apex 67 en juin 2018.

Je suis reconnaissante envers l'éditrice Wendy S. Delmater (abyssapexzine.com) qui a accepté de le publier. Je remercie aussi l'auteur Robert Runte pour ses suggestions qui ont étoffé certains détails de l'histoire.

# À propos de l'auteure

QUAND ELLE N'ESSAIE PAS de communiquer avec des fleurs inconnues, Michèle Laframboise écrit des histoires de science fiction. L'ex-savante folle (diplômée en géographie et en génie civil) a publié 17 romans et plus de 40 nouvelles, récoltant plusieurs distinctions et prix littéraires.

Ses nouvelles sont parues dans les magazines *Solaris, Carmilla, Galaxies, Géante Rouge, Brin d'éternité, Tesseracts, Fiction River* et *Compelling Science Fiction*. Elle a été traduite en anglais, en italien et en russe.

Dessinatrice enthousiaste, Michèle a créé une douzaine de BD et entretient un blog illustré. À la plume ou au pinceau, elle concocte des intrigues captivantes et des mondes empreints de poésie.

Site officiel:
www.michele-laframboise.com

Blog de science et d'humour:
savantefolle.wordpress.com

Site de l'éditeur:
www.echofictions.com

Pour recevoir des nouvelles et des comptes-rendus amusants de ses lectures, inscrivez-vous à sa lettre:

michele-laframboise.com/fans

# Autres livres chez Echofictions

## Change ou meurs!

*Science-fiction / humour / Premier contact /*

Les Loongunis ont besoin de fluctuations continues pour s'épanouir, tandis que leurs visiteurs humains supportent mal cette incessante bougeotte. Quand un sabotage met fin aux permutations de leur Boîte de voyage, les Loongunis contraints à l'immobilité risquent de sombrer dans la folie... à moins que leur linguiste ne trouve une solution!

Une savoureuse nouvelle de science-fiction par Michèle Laframboise, une des auteures les plus primées au Canada!

Comment penser à l'intérieur de la boîte
978-1-988339-44-3 (imprimé)

## Quand l'univers est au bout du rouleau...

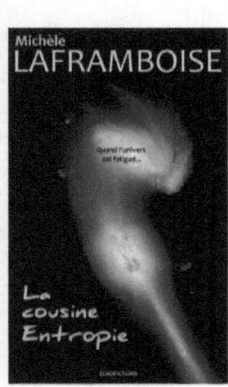

*Science-fiction / humour / fin de l'univers*

Fidèle aux lois de la thermodynamique, l'univers en expansion se refroidit. Les derniers humains transformés (les Décollés, qui comptent leur âge en milliards d'années) se tiennent aux abords du trou noir au centre de notre Galaxie.

Les Décollés se nourrissent des puissantes émissions de rayons X et pestent contre l'entropie, cette insidieuse égoïste qui vampirise l'énergie restante.

Alors qu'autour d'eux, les étoiles s'éteignent une à une comme dans une ville abandonnée, que peuvent-ils encore espérer?

Une courte nouvelle de science-fiction qui voit loin, très loin dans l'avenir!

La cousine Entropie  (epub) 978-1-988339-23-80


**Piégée dans le plus bel endroit sur terre…**

*Humour / mystère / Ornithologie*

Équipée de son guide Sibley, et ses fidèles jumelles, Amanda Byrd poursuit sans fatigue les oiseaux les plus insaisissables.

Sur les traces de son défunt mari, Amanda explore à l'aube un étroit canyon. Alors qu'un magnifique Condor de Californie survole le site, elle découvre avec horreur l'ascenseur détruit, piégeant leur groupe de touristes au fond. Qui a commis ce sabotage, et pourquoi?

L'intrépide ornithologue doit trouver une solution avant que le canyon ne devienne une fournaise mortelle…

Un court récit mettant en scène l'énergique Lady Byrd, écrit par Michèle Laframboise, observatrice d'oiseaux à ses heures.

Condor Canyon  (imprimé) 978-1-988339-15-3

Echofictions.com

# Liste d'amitié

Une histoire lie chaque personne dans une
chaîne d'amitié. Sentez-vous libre d'écrire
votre nom avant de faire cadeau de ce livre
à quelqu'un d'autre.

_____

_____

_____

_____

_____

_____

_____

_____

_____

# Encore faim de lectures?

La bibliographie complète de Michèle Laframboise a de quoi satisfaire l'appétit des lecteurs de tous âges!

michele-laframboise.com/livres/

*Et... d'autres histoires bourgeonnent sur Echofictions.com!*

Pour recevoir des textes inédits, des entrevues et des surprises, joignez-vous à sa joyeuse bande de fans :

michele-laframboise.com/fans

*Étant elle-même très occupée, l'auteure vous écrira pas plus d'une fois par mois!*